国家出版基金项目
NATIONAL PUBLICATION FOUNDATION

记住乡愁

——留给孩子们的中国民俗文化

刘魁立◎主编

第六辑　口头传统辑（二）

梁祝传说

包媛媛◎编著

本辑主编　杨利慧

黑龙江少年儿童出版社

编委会

序

亲爱的小读者们，身为中国人，你们了解中华民族的民俗文化吗？如果有所了解的话，你们又了解多少呢？

或许，你们认为熟知那些过去的事情是大人们的事，我们小孩儿不容易弄懂，也没必要弄懂那些事情。

其实，传统民俗文化的内涵极为丰富，它既不神秘也不深奥，与每个人的关系十分密切，它随时随地围绕在我们身边，贯穿于整个人生的每一天。

中华民族有很多传统节日，每逢节日都有一些传统民俗文化活动，比如端午节吃粽子，听大人们讲屈原为国为民愤投汨罗江的故事；八月中秋望着圆圆的明月，遐想嫦娥奔月、吴刚伐桂的传说，等等。

我国是一个统一的多民族国家，有 56 个民族，每个民族都有丰富多彩的文化和风俗习惯，这些不同民族的民俗文化共同构筑了中国民俗文化。或许你们听说过藏族长篇史诗《格萨尔王传》

中格萨尔王的英雄气概、蒙古族智慧的化身——巴拉根仓的机智与诙谐、维吾尔族世界闻名的智者——阿凡提的睿智与幽默、壮族歌仙刘三姐的聪慧机敏与歌如泉涌……如果这些你们都有所了解，那就说明你们已经走进了中华民族传统民俗文化的王国。

你们也许看过京剧、木偶戏、皮影戏，看过踩高跷、耍龙灯，欣赏过威风锣鼓，这些都是我们中华民族为世界贡献的艺术珍品。你们或许也欣赏过中国古琴演奏，那是中华文化中的瑰宝。1977年9月5日美国发射的"旅行者1号"探测器上所载的向外太空传达人类声音的金光盘上面，就录制了我国古琴大师管平湖演奏的中国古琴名曲——《流水》。

北京天安门东西两侧设有太庙和社稷坛，那是旧时皇帝举行仪式祭祀祖先和祭祀谷神及土地的地方。另外，在北京城的南北东西四个方位建有天坛、地坛、日坛和月坛，这些地方曾经是皇帝率领百官祭拜天、地、日、月的神圣场所。这些仪式活动说明，我们中国人自古就认为自己是自然的组成部分，因而崇信自然、融入自然，与自然和谐相处。

如今民间仍保存的奉祀关公和妈祖的习俗，则体现了中国人崇尚仁义礼智信、进行自我道德教育的意愿，表达了祈望平安顺达和扶危救困的诉求。

小读者们，你们养过蚕宝宝吗？原产于中国的蚕，真称得上伟大的小生物。蚕宝宝的一生从芝麻粒儿大小的蚕卵算起，中间经历蚁蚕、蚕宝宝、结茧吐丝等过程，到破茧成蛾结束，总共四十余天，却能为我们贡献约一千米长的蚕丝。我国历史悠久的养蚕、丝绸织绣技术自西汉"丝绸之路"诞生那天起就成为东方文明的传播者和象征，为促进人类文明的发展做出了不可磨灭的贡献！

小读者们，你们到过烧造瓷器的窑口，见过工匠师傅们拉坯、上釉、烧窑吗？中国是瓷器的故乡，我们的陶瓷技艺同样为人类文明的发展做出了巨大贡献！中国的英文国名"China"，就是由英文"china"（瓷器）一词转义而来的。

中国的历法、二十四节气、珠算、中医知识体系，都是中华民族传统文化宝库中的珍品。

让我们深感骄傲的中国传统民俗文化博大精深、丰富多彩，课本中的内容是难以囊括的。每向这个领域多迈进一步，你们对历史的认知、对人生的感悟、对生活的热爱与奋斗就会更进一分。

作为中国人，无论你身在何处，那与生俱来的充满民族文化DNA的血液将伴随你的一生，乡音难改，乡情难忘，乡愁恒久。这是你的根，这是你的魂，这种民族文化的传统体现在你身上，是你身份的标识，也是我们作为中国人彼此认同的依据，它作为一种凝聚的力量，把我们整个中华民族大家庭紧紧地联系在一起。

《记住乡愁——留给孩子们的中国民俗文化》丛书，为小读者们全面介绍了传统民俗文化的丰富内容：包括民间史诗传说故事、传统民间节日、民间信仰、礼仪习俗、民间游戏、中国古代建筑技艺、民间手工艺……

各辑的主编、各册的作者，都是相关领域的专家。他们以适合儿童的文笔，选配大量图片，简约精当地介绍每一个专题，希望小读者们读来兴趣盎然、收获颇丰。

在你们阅读的过程中，也许你们的长辈会向你们说起他们曾经的往事，讲讲他们的"乡愁"。那时，你们也许会觉得生活充满了意趣。希望这套丛书能使你们更加珍爱中国的传统民俗文化，让你们为生为中国人而自豪，长大后为中华民族的伟大复兴做出自己的贡献！

亲爱的小读者们，祝你们健康快乐！

二〇一七年十二月

目 录

梁祝传说的历史

| 梁祝传说的历史 |

梁山伯与祝英台传说是我国著名四大民间传说之一。我们通过口耳相传或者在课本小说、影视作品、戏曲音乐中，甚至是旅游景区的讲解中无数次地了解了这个传说，每每都会为之触动，甚至潸然泪下。

2006 年，《梁祝传说》作为民间文学的代表被列入

| 核雕作品《梁祝——化蝶》|

第一批《国家级非物质文化遗产名录》，并对《梁祝传说》作了这样的推介："梁山伯与祝英台传说是我国四大民间传说之一，是中华文化的瑰宝。千百年来，它以提倡求知、崇尚爱情、歌颂生命生生不息的鲜明主题深深打动着人们的心灵，以曲折动人的情节、鲜明的人物性格、奇巧的故事结构而受到民众的广泛喜爱。梁祝传说和以梁祝传说为内容的其他艺术形式所展现的艺术魅力，使其成为中国民间文学艺术之林中的一朵奇葩……"

"易装游学""相遇结义""同窗共读""十八相送""梁祝双亡""魂化仙蝶"……梁山伯与祝英台之间动人心弦的悲壮爱情故事及神奇曲折的故事情节并不

是一蹴而就的，而是在漫长的历史过程中，经过广大民众的集体智慧加工，由简至丰，逐渐形成我们今天听到的故事。

一、魏晋时期：《梁祝》起源

这个脍炙人口的传说在我国有着悠久的传承历史。明清之际，徐树丕所著的《识小录》中曾有记载，南朝梁元帝所著的《金楼子》和古籍《会稽异闻》中也曾提到过梁山伯与祝英台的传说。据此推断，早在魏晋南北朝时期，梁祝传说就已经在我国流传开来。但在后世的传承中，《会稽异闻》《金楼子》都已难觅踪影，因此我们很难得知魏晋南北朝时期的梁祝传说究竟是什么样子的。

20世纪30年代，人们

已对梁祝传说诞生于东晋时期这一观点有了共识。学者钱南扬认为："这个故事托始于晋末，约在西历四百年光景。当然，故事的起源无论如何是不会在西历四百年之前的，至梁元帝采入《金楼子》，中间相距约一百五十年。所以这个传说的发生，就在这一百五十年间了。"梁祝传说为什么会诞生于那个时代呢？这可能与当时的社会风气有关。魏晋南北朝时期，重学风气普遍。钱南扬评价道："在当时，妇女实在风流得很，不像后

废旧易拉罐演绎梁祝情

世那么拘束，所以男女的界限也不甚严。"梁山伯与祝英台的传说正是在这样的社会风气中诞生了。

当然，梁祝传说在诞生之初，并没有出现后世所流传的殉情等情节，钱南扬推断："传说的起源可能是有一个女子乔装成男子，去学堂念书。后来爱上了一个男子，却又不肯说出自己是女子，一直蹉跎下去。女子的父母不知就里，将她另许他人。及至男子知道她是女子，想要迎娶时，已经迟了。结果，两人郁郁而死。"

由于年代久远，且缺少明确的历史文献辅以佐证，对于梁祝传说最初产生的时代背景，都只是后世的推断。关于梁祝传说最早的文献记载出现于唐代，梁载言的《十道四蕃志》中记载："善权山南，上有石刻曰'祝英台读书处'。"唐代的其他文献中也都曾提到过"祝陵有精舍""祝英台古宅"等地名。但是这类记载多是对地名考察的平铺直叙，并没有对梁祝传说本身加以细致地解读。有趣的是，这些文献记载的地名多位于江南地区，这也从侧面说明梁祝传说大概诞生于当时尚学风气较为浓重的江南地区。

唐代末期，出现了第一篇以完整的故事形式记载的梁祝传说——张读的《宣室志》中记载道：

英台，上虞祝氏女，伪为男装游学，与会稽梁山伯者同肄业。山伯，字处仁。祝先归。二年，山伯访之，方知其为女子，怅然如有所

失。告其父母求聘，而祝已字马氏子矣。山伯后为鄞令，病死，葬鄮城西。祝适马氏，舟过墓所，风涛不能进。问知山伯墓，祝登号恸，地忽自裂陷，祝氏遂并埋焉。晋丞相谢安奏表其墓曰"义妇冢"。

从文中我们可以看到，梁祝传说的基本框架已经成型,"祝英台女扮男装""梁祝同窗共学""祝英台殉情同葬"等主体情节在此也得到了体现,这为后世梁祝传说情节的丰富与发展奠定了坚实的基础。更为重要的是,在这则记载中,再次明确了梁祝传说中的三个主要人物——梁山伯、祝英台、马文才。三者均是会稽人,这也再次印证了梁祝传说最早流传于学风浓厚的江南地区。

二、宋元时期:《梁祝》发展

到了宋元时期,梁祝传说的内容得到进一步扩充与丰富。宋代时,张津所著的《四明图经》中简短地记载了梁祝传说的内容:

义妇冢,即梁山伯祝英台同葬之地也。在县西十里

"接待院"之后,有庙存焉。旧记谓二人少尝同学,比及三年,而梁山伯初不知英台为女也。其朴质如此。

可见,除了没有化蝶、同葬这两段故事,大部分的情节已与当下流传于民间的梁祝传说相差无几。

值得一提的是,宋代最主要的文学形式——宋词中出现了名为《祝英台近》的词牌,该词牌始见于《东坡乐府》。毛先舒《填词名解·卷二》引《宁波府志》云:

东晋,越有梁山伯、祝英台尝同学,祝先归,梁后访之,乃知祝为女,欲娶之,然祝已先许马氏之子。梁忽忽成疾,后为鄞令,且死,遗言葬清道山下。明年,祝适马氏,过其地而风涛大作,舟不能进。祝乃造冢,哭之

哀恸。其地忽裂，祝投而死之。今吴中有花蝴蝶，盖橘蠹所化，童儿亦呼梁山伯、祝英台云。

由此可知，这一词牌与梁祝传说密切相关。

宋代大文豪苏轼曾作《祝英台近·挂轻帆》，词文如下：

挂轻帆，飞急桨，还过钓台路。酒病无聊，欹枕听鸣舻。断肠簇簇云山，重重烟树，回首望、孤城何处。

闲离阻。谁念萦损襄王，何曾梦云雨。旧恨前欢，心事两无据。要知欲见无由，痴心犹自，倩人道、一声传语。

这首词所表达的离别之情，与梁祝传说的悲剧基调遥相呼应。此外，辛弃疾、吴文英也曾以这一词牌进行创作。文人、士大夫纷纷使用这一词牌填词，想必是对梁祝传说颇为熟悉，这个故事能唤起他们的共鸣。由此可知，宋代时，梁祝传说在民间已经流传甚广。

元代是戏曲艺术发展的高峰时期，出现了不少以梁祝传说为主题的戏文。借助这一新颖的表现形式，梁祝传说得到了进一步传播。钟嗣成的《录鬼簿》中曾记载："元曲大家白仁甫有《祝英台死嫁梁山伯》的剧目，可惜剧本已佚，无法知其概要。"王实甫的《韩彩云丝竹芙蓉亭》残折中依然保留着不少关于梁祝传说的记载：

［柳叶儿］：哎，你个汉相如休怪，只要你温我的浸冷罗鞋，干教我羞答答懒把门程迈。哎，你个梁山伯，不采

我这祝英台，羞的我快快儿回来。

《货郎旦》第四折：

［转调货郎儿］：也不唱韩元帅偷营劫寨，也不唱汉司马陈言献策，也不唱巫娥云雨楚阳臺。也不唱梁山伯，也不唱祝英台……

根据这些唱段，可以得知梁祝传说在当时已是家喻户晓。而且当时还出现了名为《祝英台》的戏文。

［醉落魄］傍人论伊，怎知道其间的实。奴见了心中暗喜。一别尊颜，不觉许多时。

［傍妆台］细思之，怎知你乔装改扮做个假意儿。见着你多娇媚，见着你□□□。见着你羞无地，见着你怎由已。情如醉，心似痴，刘郎一别武陵溪。

［前腔换头］奴家非是要瞒伊，自古道得便宜处谁肯落便宜。争奈我为客旅，争奈我是女孩儿。争奈我双亲老，争奈我身无主。今日里，重见你，柳藏鹦鹉语方知。

除了这些戏文外，宋代顾逢著有名为《题善寺》的诗：

英台修读地，旧刻字犹存。一阁出霄汉，万松连寺门。

洞深云气冷，池浅鹿行潭。山下流来水，风雷日夜喧。

当梁祝传说成为宋元时期主要的文艺形式诗歌、戏曲等共同关注的主题时，也意味着梁祝传说得到了更为广泛的传播。

三、明清时期：《梁祝》成型

明代后，关于梁祝传说的记载逐渐增多，尤其是在

昆曲《梁祝》

梁祝传说遗存地的地方志、小说和戏曲中，梁祝传说也得以基本成型。明代张时彻在《嘉靖·宁波府志》中有如下记载：

晋梁山伯，字处仁，家会稽。少游学，道逢祝氏子，同往肆业，三年，祝先返。后二年，山伯方归。访之上虞，始知祝女子也，名曰英台。山伯怅然，归告父母求姻，时祝已许鄮城马氏，弗遂。山伯后为鄞令，婴疾弗起，遗命葬于鄮城西清道原。明年，祝适马氏，舟经墓所，风涛不能前。英台闻有山伯墓，临冢哀恸，地裂而埋璧焉。马言之官，事闻于朝，丞相谢安奏封"义妇冢"。

从内容上看，《宁波府志》的记载与《宣室志》相差无几。这也说明梁祝传说到明代时仍然保持着较为稳定的形态。明代后，除了地方志以外，以曲艺形式演绎的梁祝传说也开始大规模出现，如名为《河梁分袂》《山伯赛槐荫分别》的残折。此

外，明代的《新刻京板青阳时调词林一枝》中有讲述梁山伯不识祝英台女扮男装，求婚未成，相思甚苦，祈求生结同心的故事。

值得一提的是，考察宋代早期记载梁祝传说的宁波十三种地方志中，很少见到"化蝶"的情节。只在《义忠王庙记》里有一些化蝶的

| 扬剧《梁祝·回十八》|

痕迹，即"英台遂临冢奠，哀恸，地裂而埋葬焉。从者惊引其裙，风烈若云飞，至董溪西屿而坠之……"并没有明确描绘"化蝶"这一情节。

梁祝传说与蝴蝶的渊源最早始于一些文人的诗作。他们在吟咏梁祝故事时不约而同地运用了蝴蝶这一意象来表达自己的心情。如宋代的《咸淳毗陵志》曾言："蝴蝶满园飞不见，碧鲜空有读书坛。"明代谷兰宗的《祝英台近》中写道："只今音杳青鸾，穴空丹凤，但蝴蝶满园飞去。"明代的《碧鲜坛诗》中也写道："双双蝴蝶飞，两两花枝横。"在梁祝爱情悲剧广为传颂的时期，成双成对飞舞的蝴蝶无疑成了人们心中美好爱情的

化身。在梁祝爱情悲剧不可改变的基础上，人们通过引入"化蝶"的情节，来表达自己对于美好爱情的祝愿。

最早将化蝶情节写入梁祝传说的是明代著名文学家冯梦龙。他在《喻世明言》的《李秀卿义结黄贞女》中叙述了梁祝之事，即常州义兴人祝英台女扮男装求学，与苏州人梁山伯同学三年，梁山伯不识其为女子。梁山伯再访英台，得知英台已许配马家，自恨来迟，一病不起。英台出嫁，路经山伯墓，赴墓而去，二人化为蝴蝶。

此后，在清代浙江忠和堂木刻本的长篇叙事民歌《梁山伯歌》中，就出现了梁山伯墓开裂，英台闯入，"条条罗裙扯碎了，双双蝴蝶上天台"的结尾。当然，

这里的化蝶仅仅是"衣化蝶",并非"魂化蝶"。

到了乾隆年间,江苏民间艺人抄本弹词《新编金蝴蝶传》中出现了如下的结尾:

祝英台轿过梁山伯坟……嚯达一声坟圹裂,鬼哭神嚎好怕人,只见英台新娘子,将身跳入裂中存。……

地裂全无痕迹然,只见花蝶满丘坟。白衣黑点梁山伯,白点黄衣九姐身。却是二人魂变化,飞来飞去共相亲。

同时期的弹词《新编东调大双蝴蝶》中第二十九回记载:

阎罗道:"……我命鬼判送他还阳,待等五十年后,他二人魂游地府,化为

梁祝雕塑

蝴蝶……"。

直至清代道光年间，邵金彪所著的《祝英台小传》中详细地记载了梁祝故事，并将化蝶的情节融入其中：

祝英台，小字九娘，上虞富家女。生无兄弟，才貌双绝。父母欲为择偶，英台曰："儿当出外游学，得贤士事之耳。"因易男装，改称九官。遇会稽梁山伯亦游学，遂与偕至善权山之碧鲜岩，筑庵读书，同居同宿。三年而梁不知祝为女子。临别，与梁约，曰："某月日可相访，将告父母，以妹妻君。"然实则以身许之也。梁自以家贫，羞涩畏行，遂至愆期。父母以英台字马氏子。后梁为鄞令，过祝家，询九官。家僮曰："吾家但有九娘，无九官也。"梁惊语，以同学之谊乞一见。英台罗扇遮面，侧身一揖而已。梁悔念成疾，卒，遗言葬清道山下。明年，英台将归马氏，命舟子迂道过其处。至则风涛大作，舟遂停泊。英台乃造梁墓前，失声恸哭，地忽开裂，坠入茔中。绣裙绮襦，化蝶飞去。丞相谢安闻其事于朝，请封为义妇冢，此东晋永和时事也。齐和帝时，梁复显灵异，助战有功，有司为立庙于鄞，合祀梁祝。其读书宅称碧鲜庵。齐建元间，改为善权寺。今寺后有石刻，大书"祝英台读书处"。

从内容上看，人物形象细腻饱满，情节跌宕起伏，文风清丽，委婉动人，同时具备了"英台易装游学""梁祝同窗共读""祭坟化蝶"等梁祝传说中的主要情节。

可以说这是梁祝传说早期较为完善的版本之一，同时也意味着梁祝传说在清代终于成型了。

从唐代的《宣室志》到清代的《祝英台小传》，经过漫长的历史发展和演变，梁祝传说的内容不断充实。"英台易装游学""梁祝途中相遇结义""梁祝同窗共读""十八相送""马家提亲""山伯病死""英台出嫁""祭坟化蝶"等情节成为这个传说的精髓所在。

梁祝传说的遗踪

| 梁祝传说的遗踪 |

梁祝传说在我国流传广泛，不仅限于上述历史文献中提及的浙江、江苏等地，在山东和河南等地也有流传。2006 年，由浙江、江苏、山东、河南等地联合发起，为梁祝传说申报《国家级非物质文化遗产名录》。

在这四个梁祝传说集中流传的地区，形成了独具特色的风物圈。各地的传说不仅在主体情节之外饱含地域文化特色，还在民众的日常生活中形成了异彩纷呈的风俗习惯。这些风俗习惯可以称作是梁祝传说在当代社会的传承遗踪。我们可以循着这些线索，去聆听梁祝传说更全面、更丰富、更有趣的内容。

一、梁祝传说在浙江

不同版本的梁祝传说都声称梁山伯与祝英台是浙江上虞人。20 世纪 50 年代拍摄的电影版越剧《梁山伯与祝英台》，第一句台词便是："上虞县，祝家庄，玉水河边；有一个，祝英台，才貌双全……"在上虞的城郊，确实有一个名为祝家庄的村庄，在当地被认为是祝英台的故里。

祝家庄背靠青山，临玉水河边，据记载，祝家庄曾经气势恢宏、布局严谨，但最终毁于太平天国战乱，只

越剧《梁祝》

留下祝氏祠堂、祝氏祖堂各一座。并且，在祝氏祠堂的旁边立有一块石碑，上面记载着：此为英台府第。虽然宅院已不复存在，但从断壁残垣中依然可以找到一些线索，这些线索无声地叙述着这里曾经发生的动人故事。

更有意思的是，在距离祝家庄不远的地方，恰好有一处地名为马家村。地名与传说的一致性，使得这里被视为梁祝传说的发生地。如今，在当地依然流传着与梁祝传说相关的故事。相传，祝家庄的祝氏从山西太原搬迁而来，祝氏后裔在上虞主要以教书为业，因此，祝家是当地少有的书香门第。这也为当地的梁祝传说增添了更多详细的内容。

在浙江，与梁祝传说有关的另一个具有标志性意义的地理建筑，也是更为大众熟悉的名胜古迹，当属万松书院。在流传于浙江的梁祝传说中，梁祝二人都曾求学于万松书院。

万松书院位于杭州城凤凰山北坡的万松岭上。书院始建于唐代贞元年间，初名为报恩寺。明代弘治十一年，浙江右参政周木将其改名为万松书院。万松书院办学时间悠久，曾是古代学者云集的场所，明代理学家王阳明、"随园诗人"袁枚都曾在此就读。万松书院也是明清时期杭州规模最大、历史最久、影响范围最广的书院之一，与当时的崇文书院、紫阳书院、诂经精舍并称为"杭州四大书院"。在这种重儒尚文环境的影响下，传说中梁山伯和祝英台二人"同窗求学"的主要情节发生于此，

| 万松书院

也是情理之中。

梁祝传说的广泛流传，为万松书院平添了一丝浪漫色彩。现在，万松书院的毓秀阁内仍保留着展现梁山伯与祝英台同窗共读情景的书房。驻足于此，我们仿佛能够看到梁祝二人"促膝并肩两无猜"的生动画面。

在浙江的梁祝传说中，梁山伯死后被葬在宁波城西十五里的高桥镇邵家渡村靠山面水的山坡上。在当地，后来又流传有梁山伯显圣保佑民众的传说，因此梁山伯被封为"忠义王"，百姓还为他建立了"敕封忠义王庙"，也就是高桥的梁山伯庙。

《宁波府志》中也曾记载：

梁山伯，会稽人，生于东晋穆帝永和壬子年三月一日，东晋简文帝咸安年间，举贤良为县令，卒于东晋孝武帝宁康癸酉年八月十六日辰时。

除此之外，在该地方志中还详细记载了梁山伯曾在这里做过两年县官，死时年仅22岁。据说梁山伯率领当地百姓兴修水利工程，积劳成疾，死后葬于西清道源九龙墟。我们可以看到梁山伯在梁祝传说之外的另外一种形象。

为了纪念梁山伯，当地百姓为他建庙塑像，并形成了当地独特的祭拜风俗。

农历八月二十一日是梁山伯庙的庙会。因为在浙江宁波当地的梁祝传说中，这一天是祝英台殉情的日子。每年农历八月初至月底，当

地民众从四面八方赶往梁山伯庙进香，乞求得到神灵的庇佑，让自己的爱情能够长久。梁山伯庙的信众多以青年男女为主，当地人声称梁山伯庙是我国唯一纪念梁祝"爱情神"的庙宇。宁波当地有谚云："若要夫妻同到老，梁山伯庙到一到。"

身穿官服的梁山伯和身穿新娘服饰的祝英台塑像被供奉在庙内。庙门口书有"精忠不二昭千古，大义无双冠五洲"的楹联。庙前有一段雕着荷花的石板路，路尽头有一座名为夫妻桥的石拱桥。庙的右侧是梁祝二人的坟墓，庙的后面是两人的卧室。床榻前放有男、女鞋子各一双，衣橱中还挂着梁山伯的袍服冠带和祝英台的罗衣绣裙。

1995年，宁波市政府在原庙址的基础上，正式启动了梁祝文化公园工程。梁祝文化公园以梁山伯庙为主体，以梁祝故事为主线，修建了观音堂、夫妻桥、恩爱亭、荷花池、九龙潭、龙嘘亭、百龄路、梁祝化蝶雕塑、大型喷泉广场、万松书院等景点。

二、梁祝传说在江苏

江苏宜兴也是传说中的梁祝故里之一，中国民间文艺家协会将其命名为"中国梁山伯祝英台之乡"，在当地同样有许多与梁祝传说有关的遗迹。在宜兴的古籍记载中，这里既有梁山伯和祝英台的求学处——碧鲜庵，也有祝英台的坟墓——祝陵，更有独特的纪念活动——观蝶节。

（一）碧鲜庵

在宜兴西南约二十五千米处的螺岩山上有一个善卷洞。此洞幽深迷离，风景秀丽，洞洞相连，洞中有河，河可行舟，是一处著名江南胜迹。千百年前正是在这优美如画的地方，上演了梁山伯与祝英台的爱情绝唱。

在善卷洞外，立有一块长碑，上面刻有"碧鲜庵"三个大字。现存的这一块碧鲜庵碑出土于善卷寺地下，相传为祝英台亲手所书。在当地的民间传说中，碧鲜庵即为梁祝二人当年求学处。唐代的《十道志》称："善权山南，上有石刻曰：'祝英台读书处。'"明代陈仁锡也在《潜确类书》中称："南齐建元二年，建碧藓庵于其故宅，刻'祝英台读书处'六个大字。"

（二）祝陵

祝陵现为善卷洞南侧的一个村名。明代的《荆溪疏》中曾云："西久（九）五十里至祝陵，祝英台葬地。"可见，祝陵原意为埋葬祝英台遗骨的墓穴。祝英台殉情后，丞相谢安听闻她的事迹，深受感动，就向朝廷请求追封她为"义妇"。因为祝英台死后获得封赏，所以民间尊称她的墓地为"陵"。

千百年来，宜兴人民感念于梁山伯与祝英台之间忠贞不渝、持之以恒的爱情，就用祝英台的墓名来给当地的村庄命名，并且一直沿袭至今。如今，祝英台的陵墓仍静静地伫立在村庄附近的青龙山里。在祝陵村，还有一条护陵河（又称双陵河、双祝河）缓缓流过，见证着梁山伯与祝英台的爱情

|江苏宜兴·梁祝戏剧节|

故事。

（三）观蝶节

在当地的民间传说中，农历三月二十八日是祝英台和梁山伯的"化蝶"之日。每到这天，附近的百姓便蜂拥赶往善卷洞踏青、游洞、观蝶和祭祀。宜兴的"观蝶节"是当地民众纪念梁祝传说的重要活动，历史悠久。

根据当地民众介绍，梁山伯和祝英台两人爱情的发生地善卷洞的气候适合蝴蝶生存，历来就是民众观赏蝴蝶的佳地。每到春夏之交，善卷洞附近总是蝴蝶纷飞。当"万千蝴蝶舞翩跹"的神奇景观与梁祝感人的爱情故事结合在一起时，就有了当地民众希望两人化蝶相守的浪漫情节。

在善卷洞周围成千上万飞舞的蝴蝶中，有一黑一黄两种蝴蝶最为奇特，它们总是成双成对，相伴而飞。在当地，人们称黑色的蝴蝶为"梁山伯"，称黄色的蝴蝶为"祝英台"，由此寄托寓人们的美好祈愿。在宜兴民间，至今还流传着"梁祝爱情惊天地，忠贞不渝蝶双飞"和"梁祝读书佳话传，阳羡学子祈蝶仙"的诗句。

此外，在宜兴当地还有胡桥、清白里和十八相送之七里亭、十里亭、凤凰窝、观音堂、土地庙等遗迹。20世纪20年代，当地兴建了琴剑冢、蝶亭、英台阁、草桥等景观。新中国成立后，

| 行为艺术
《化蝶》|

重建了祝英台读书处、碧鲜庵、涌金亭等遗迹，在当地形成了梁祝传说丰富的遗存。

三、梁祝传说在山东

山东济宁也是梁祝传说的集中流传地，周边的诸多地方风物都见证着这段缠绵悱恻的爱情故事。

邹城的峄山上至今仍然保留着梁祝读书洞、读书泉等遗迹。根据当地流传的梁祝传说，梁山伯和祝英台曾在此读书，并饮用读书洞之侧的梁祝泉。明代万历年间邹县的县令王瑾曾为梁祝叹惋，亲手题写"梁祝泉"和"梁祝读书洞"，遗存至今。

另一处梁祝传说的遗迹在马坡镇。2003年10月27日，济南微山县马坡镇出土了一块碑刻。除了碑身上部篆刻有"梁山伯祝英台墓记"

的字样之外，碑身下部的碑文还详细地记载了梁山伯与祝英台的故事。济宁九曲村祝员外因无子外出读书，整日"嗟叹不已"，祝英台为父解忧，"冒为子弟"与邹邑西居梁山伯同窗学习。后梁山伯"疾终于家，祝英台悲伤而死"。两人合葬也是因为"乡党士夫，谓其令节，从葬山伯之墓"。除了"梁祝墓记"外，当地传说还曾建有梁祝墓和梁祝祠。有村民回忆，自己幼年时期曾经在当地挖到过旧墙基、古砖和兽面头脊瓦，但是现在已无从考证。

据碑文记载，祝英台居住在济宁九曲村，后因躲避水灾，祝氏后裔迁往济宁岔河村。梁山伯住在邹邑西居，梁氏后裔现居住在微山县两城镇。马文才住在西庄，马氏后裔现居马坡镇马坡村。附会于梁祝传说，马坡镇至今还流传着独有的民风民俗，即以马坡镇为中心方圆五十千米内，祝、梁两个家族均不与马姓宗族通婚。甚至在马姓族人聚居处还禁止演出有关梁祝的戏曲和电影等。在这种独特的风俗习惯背后，我们可以感受到梁祝传说对当地民众日常生活的深远影响。

四、梁祝传说在河南

河南汝南也是传说中梁山伯、祝英台的故里之一，中国民间文艺家协会将其命名为"中国梁祝之乡"。在当地，不仅有梁山伯与祝英台墓，还有梁庄、祝庄及马庄，梁山伯与祝英台撮土结拜的曹桥，以及二人同窗共

读的红罗书院等。

（一）曹桥与红罗书院

在汝南有一座曹桥，传说是梁山伯与祝英台的结拜地。曹桥俗称草桥，位于汝南西南处曹庄南边（今属马

29

乡镇），曹庄全村人都姓曹。村南边有一条小河，终年流水，村民们集资修了一座小桥，方便行人过往，并取名叫曹桥。此桥形呈单孔，小巧玲珑，十分坚固。桥边有一座凉亭，可供过往行人小憩。在当地流传的传说中，梁山伯与祝英台初赴书院时，就是在曹桥旁的凉亭里相遇。二人互通姓名后，相谈甚欢，便撮土为香，结拜为兄弟。

在河南汝南的梁祝传说中，梁山伯与祝英台同窗共读于当地的红罗书院。红罗书院又名台子寺，位于汝南王庄乡台子寺村。红罗书院始建于西晋时期，为砖木结构的汉式建筑，是著名儒生邹佟传道解惑、教书育人之地。在当地的民间传说中，

梁祝二人就在此书院促膝并肩、同窗共读三年，度过了美好的时光。当地的梁祝传说围绕红罗书院，衍生出许多具有地方特色的情节。

如红罗书院的后院曾有一棵银杏树，生机勃勃，参天入云，相传它是梁山伯与祝英台读书时携手栽下的。20世纪70年代，树木因老化被砍伐了一部分，人们用砍伐下来的木料盖礼堂，现在仅存树心。红罗书院的名儒邹佟也被认为是梁山伯和祝英台的老师。

在红罗书院门前，有一口深十丈有余的井。这口井水质清澈甘甜，从不枯竭，书院的师生和周围的百姓都用此水洗衣、做饭。相传，梁山伯和祝英台在此读书时，按照书院先生的要求，

每个学生轮流负责挑水，因为祝英台投石子或挑水的姿态仍不改女子气，惹来孟浪少年的嘲笑，每每这时，梁山伯便挺身而出，为祝英台解围。这口井也被当地民众亲切地称为"梁祝井"。

在当地，也有传说祝英台因气力不足，挑水时摔倒在地，浑身被浇个湿透。红罗书院的师娘为她送换洗的衣衫，发现她为女儿身，便在梁山伯与祝英台同睡的床中间放了一碗水作为"界牌"。当地群众至今还在传唱祝英台踢界牌的故事。

（二）梁山伯与祝英台墓

汝南地区另一个有关梁祝传说的重量级遗迹就是梁山伯与祝英台墓。汝南的梁祝墓位于马乡镇东北方的京汉古道旁，传说成墓于西晋年间。祝英台墓为砖砌墓基，上覆黄土，墓碑竖立于西南

祝英台墓

方。碑上刻有墓志铭，右上角竖书"西晋"两个小字，中间竖书"祝英台之墓"五字隶书。

梁山伯墓位于祝英台墓西，隔二十米相望，中有京汉古道相隔，这仿佛寓意着二人无法相守的悲壮爱情。梁山伯墓东南方同样竖立有墓碑，上面也刻有墓志铭，中间竖书"西晋梁山伯之墓"七字楷书。根据当地的习俗，每年的三月初三，人们都要在梁祝墓前演唱《梁山伯与祝英台》以及折子戏《祝九红出嫁》《同窗记》等，以纪念梁祝二人。

因为梁山伯与祝英台的坟墓分别立于官道两侧，无法团聚。当地的民众就在路的两旁分别挖了一条200多米长的水沟，又建了一座桥把两条水沟连在一起，同时，在梁山伯墓旁的水沟之上和祝英台墓前的小路上也各建了一座小桥。这样，在一步（6尺）之内，三座小桥挤在一起，是谓"一步三孔桥"。在当地民间传说中，这座桥是为了方便梁山伯与祝英台魂魄相聚而建的。梁山伯和祝英台墓中间的碑文记述了这样一段话：梁山伯与祝英台分别埋骨于马乡路两侧，京汉官道分梁、祝墓于东西，一对恩爱男女，生不能同室，死亦不得相聚，马乡父老遂于墓南修三孔石桥，使其于七月十五盂兰盆节（亦称鬼节）灯下相会，共诉相思，后人谓之一步三孔桥。

（三）黄白蝴蝶与白衣阁

在汝南当地间传说中，马文才强娶祝英台时，祝英台曾要求马文才答应她三件事。第一件事是结婚时要身穿粗麻布孝服，腰系麻绳；第二件事是迎娶途中要到梁山伯墓前祭拜；第三件事临时再说。当迎娶祝英台的花轿到达村头时，忽然一阵狂风吹来，祝英台掀开轿帘一看，见梁山伯的墓近在眼前，就下轿哭拜，叫道："一拜二拜再三拜，有情有义墓门开，无情无义马家抬。"一时间，天摇地动，雷击墓开。祝英台一下子就扑进了墓里，随后墓就合上了，并从其中飞出一黄一白两只蝴蝶。

当地的人们认为白蝴蝶是祝英台所化，黄蝴蝶是梁

梁山伯墓

山伯所化。由于祝英台身穿白孝，死后又变成了白蝴蝶，人们便认为祝英台是天上白衣神仙的化身。祝英台的父亲闻讯赶来后，一只白蝴蝶从一旁飞来，一直拍打祝父的面颊，他对白蝴蝶说："孩子，爹对不起你，爹不该逼你成亲，爹答应你，给你盖个家。"此后，祝父便修建了白衣阁。

在当地的传说中，不仅有祝英台化成白蝴蝶、梁山伯化成黄蝴蝶的情节，还传说花花公子马文才死后化成了花蝴蝶。人们称呼白蝴蝶为祝英台，黄蝴蝶为梁山伯，花蝴蝶为马文才。而且，当地的白蝴蝶和黄蝴蝶总是相互追逐，花蝴蝶却与它们保持一定的距离。当地的老年人也不让小孩捕捉黄蝴蝶和白蝴蝶。

在汝南当地同样形成了很多与梁祝传说相关的风俗习惯。其中一个就是与山东济宁"祝梁与马不通婚"相

梁祝化蝶雕塑

似的"马、朱不通婚"。在汝南当地的传说中，祝英台本不姓祝，而是姓朱，是朱庄人。当地朱祝不分，才称其为"祝英台"。当年祝英台不从马家，死在了迎亲的路上，令马家人丢了面子。因此，马庄和朱庄有个不成文的规定：两村互不通婚。至今，两村仍没有通婚的习俗。

另外，在当地的传说中，梁山伯的家乡在孝和乡的北梁。在汝南县城通往孝和乡的公路上，有两个梁姓村庄。路南的村庄叫南梁，路北的村庄叫北梁。但因为梁祝传说的缘故，北梁后改名为梁岗。一些百姓认为，梁山伯和一个女子同住了三年，竟然不知道人家是男是女，没准儿是个傻子。由于梁祝传说在当地的盛行，一提到梁山伯，当地人都说那个傻子是北梁的。北梁村民觉得丢人，就将村名改为梁岗了。

此外，当地村民至今仍然保留着不演梁祝戏的习俗。

另外，民间传说农历七月十五日是祝英台为梁山伯而死的日子，马乡的人们养成了每年七月十五日送灯的习俗。在这一天，马乡的人们为没有儿女的梁山伯、祝英台送灯，请他们回家吃饭。

此外，传说以前附近的人家办喜事时，如果缺少碗筷，就会到梁山伯、祝英台的墓前祷告。梁山伯、祝英台会大发慈悲，为人们送上碗筷。人们用完了，还会主动送回来，以便下次再来求，很是神奇。

梁祝余音

| 梁祝余音 |

自梁祝传说诞生伊始，它便成为各种艺术形式争相表现的重要主题，这些艺术形式包括形式多样的戏曲、民歌，甚至在现代乐器演奏中也有梁祝题材的加入，由此形成了梁祝传说立体传播的多种形态。

一、戏曲中的梁祝传说

据不完全统计，几乎所有的地方戏中都有关于梁祝传说的题材。具体来说，越剧、越调、昆曲、京剧、秦腔、豫剧、沪剧、晋剧、楚剧、川剧、滇剧、淮剧、湘剧、锡剧、扬剧、赣剧、吕剧、

| 昆曲《梁祝》|

粤剧、琼剧、闽剧、睦剧、迷糊戏、河北梆子、河南梆子、河南曲剧、绍兴文戏、四明文戏、宁波滩簧、罗卷戏、宜黄腔、四股弦、落子腔、彩调剧、梨园戏、豫南花鼓、东北二人转和定县秧歌等，都有关于梁祝传说的内容。这些地方戏剧，在传播梁祝传说的同时，还在其中融入了地方性艺术元素，为梁祝

传说增添了别样的韵味。

《梁祝》是晋剧中的重点戏目，运用自身特有的表达方式，在表达梁祝情感的同时充分融入了山西地方元素。梁祝传说与晋剧中质朴、浓烈的情感表达形式相融合，由此使得晋剧《梁祝》少了些江南的婉约，多了些晋中的热烈、奔放。在剧中，祝英台暗示梁山伯内心的情

稻田画
《化蝶》

愫时这样唱道：

（旦）走一凹来又一凹，凹凹里头有庄稼。高里是菽黍，低里是棉花，不低不高是芝麻。芝麻地，伐打瓜，梁哥哟！我有心与你摘个吃，吃着甜头连根拔。

（丑）走一凹来又一凹，凹凹里头有庄稼。高里是菽黍，低里是棉花，不低不高是芝麻。芝麻地，伐打瓜，贤弟哟！我有心与你摘个吃，吃着甜头连根拔。

（旦）走一河来又一河，河河里头有水鹅，公鹅只在前头走，母鹅随后紧跟着，夜晚宿在草窝内，公鹅母鹅抱恋着。

（丑）走一河来又一河，河河里头有水鹅，公鹅只在前头走，母鹅随后紧跟着，夜晚宿在草窝内，公鹅母鹅抱恋着。

各顾各。

晋剧《梁祝》中，梁山伯是以丑角的形象出现的。对于两人之间复杂情感的描述，使用了大量颇具山西地方特色，通俗、生动的民间语言，把梁祝二人的心态表现得淋漓尽致。艾青曾这样评价晋剧《梁祝》："这样的诗，就像民间剪纸一样，单纯、明朗、生动，这些正是所有好的作品所应该具有的。"

壮剧《梁祝》采用了壮族民歌的五言句式和十言句式的格律，押尾韵、腰脚韵，将对歌作为其独特的艺术表现形式，并融入了标志性的地方民俗与风物，由此体现出浓郁的民族文化特色。如祝英台在挑水时遇见梁山伯，这样唱道：

路上见哥坐树下，
妹向阿哥来问话，
为兄要往何处去？
出去探亲或回家？
山伯回答道：
愚弟小姓梁山伯，
家住龙州山水乡，
为了读书求学问，
要往南山入学堂。
再如梁山伯访友时的情形：
英台并对山伯道，
少把心思渴女娘，
在生不得成婚配，
来生来世结成双。
同在学堂三年整，
不识英台是女装，
日读经书共一本，
夜同绫罗被一床。
我说千言兄不晓，
兄今枉作秀才郎，
只怨梁兄归不早，

马家已来送槟榔。

槟榔是壮族婚俗里的订婚信物，梁祝传说在传入壮族地区后，充分吸收了当地的民间习俗，并将其纳入戏剧的表现形式中。此外，戏中唱词的格律也体现了壮族民歌特有的押韵规律，语言生动诙谐，民族风味十足。

在多种梁祝地方戏中，最有影响力的当属越剧《梁山伯与祝英台》，这当然与梁祝传说在浙江的广泛传播密切相关。据马潮水（越剧创始人之一）、张云标（越剧男班"四大名生"之一）、白玉梅（越剧男班"四大名旦"之一）、相小泉（《十八相送》首演者之一）等人回忆，早在越剧前身"落地唱书"时期，艺人们就根据流传于浙江的梁祝传说编了

《十八相送》《楼台会》等曲目，四处演唱。

尤其是《十八相送》，它是人们最喜闻乐见的曲目之一。《十八相送》讲的是梁山伯送祝英台回家，从杭州城里送至城外，共送了十八里路，一路上祝英台触景生情，想要以身相许，便一路上做了十八个比喻，直到十八里长亭告别，故称"十八相送"。相关唱词如下：

合唱：三载同窗情似海，山伯难舍祝英台。相依相伴送下山，又向钱塘道上来。

祝：书房门前一枝梅，树上鸟儿对打对。喜鹊满树喳喳叫，向你梁兄报喜来。

梁：弟兄二人出门来，门前喜鹊成双对。从来喜鹊报喜讯，恭喜贤弟一路平安把家归……

祝：青青荷叶清水塘，鸳鸯成对又成双。梁兄啊！

越剧《梁祝·十八相送》

英台若是女红妆，梁兄你愿不愿配鸳鸯？

梁：配鸳鸯，配鸳鸯，可惜你英台不是女红妆……

祝：梁兄，来，你看井底两个影，一男一女笑盈盈。

梁：愚兄明明是男子汉，

|越剧《梁祝·十八相送》|

你为何将我比女人？……

梁：离了井，又一堂，前面到了观音堂。

观音堂，观音堂，送子观音坐上方。

祝：观音大士你媒来做，我与你梁兄来拜堂。

梁：贤弟越说越荒唐，两个男子怎拜堂……

祝：你我鸿雁两分开，未知梁兄可曾妻房配？

梁：早知愚兄未婚配，今日相问为何来？

祝：要是梁兄亲未定，小弟替你做大媒。

梁：贤弟替我来做媒，未知千金哪一位？

祝：就是我家小九妹，不知你梁兄可喜爱……

梁：九妹与你可相像？

祝：她品貌就像祝英台……

梁：如此多谢贤弟来玉成。

祝：梁兄你花轿早来抬。

在《十八相送》中，祝英台巧借各种比喻来表达自己对梁山伯的爱慕之情和想要以身相许的愿望，但梁山伯并不知其所指。随着主人翁所见景致的变化，祝英台比喻的内容也不断推进。在这一迎一合的唱段推进中，将一个机灵顽皮和一个忠厚木讷的人物形象表现得活灵活现。正是这种紧扣民众生活、生动细腻的刻画方式，使得越剧《梁祝》在海内外享有盛誉。

1906年后，落地唱书演变成戏剧，《十八相送》《楼台会》等率先被搬上舞台。《十八相送》《楼台会》在浙江城乡上演达十年之久。

1917年小歌班进入上海后，艺人们为迎合城市观众的需要，向传书、唱本、宝卷要戏，扩大了上演剧目。当时在上海的男班名生王永春（"四大名小生"之首）和名旦白玉梅以《英台宝卷》和《梁山伯祝英台夫妇攻书还魂团圆记》唱本为蓝本，在小歌班的《十八相送》《楼台会》两折路头戏的基础上，商定全剧情节，形成了上中下三本的《梁山伯与祝英台》，并于1919年3月15日在上海第一戏园上演了最初版本，越剧由此在上海的舞台占据了一席之地。

新中国成立后，华东越剧实验剧团编剧徐进等改编了《梁山伯与祝英台》，上海越剧院及越剧工作者又对《梁祝》进行了精心加工、

越剧《梁祝》

修改。在保留越剧优美朴实特点的同时，突出了其反封建的思想和积极的浪漫主义精神。1953 年，越剧《梁祝》被拍成新中国第一部彩色艺术片。1954 年，在当时捷克斯洛伐克卡罗维发利举行的第八届国际电影节上荣获音乐片奖。此外，《梁山伯与祝英台》还作为优秀传统剧目出国进行访问演出，在国际上广受赞誉，被认为是一个"可以代表国家的剧目，够得上国际水平"的精品之作。

越剧《梁祝》保留了梁祝传说的基本情节，又扩充了其他地方性戏剧中没有的内容。"英台托媒"便是其中的突出代表，虽然祝英台明知自己深爱梁山伯，但毕竟自己是有声望的富家千金，不好亲自表达心迹，只好与师母吐露真言：

英台（白①）：刚才家父来信，催我速速归去。

师母（白）：父亲有病理应回去，几时动身？

英台（白）：我想禀明先生，明日一早登程。

师母：如此甚好，英台你要一路小心了。

英台（白）：（欲言又止）师母……

师母（白）：英台你还有何言相告？

英台（白）：没有……没有什么。（稍停）师母。

师母（白）：英台，有话就坐下来讲吧！

英台（白）：师母。（唱）老师教诲恩如海，又承师母

｜皮影《梁山伯与祝英台》｜

①即念白。

越剧《梁祝》

好看待。

师母（白）：不用客气。

英台（白）：（稍停）

（唱）师母啊！草桥结义梁山伯，同窗共砚三长载。

师母（白）：这个我早已知道。

英台（唱）：三长载，三长载，我有满腹心事口难开。

师母（白）：英台有话但讲无妨。

英台（唱）：英台原是……原是乔装扮。

师母（不动声色，微笑而唱）：师母心中早明白。

这段问答，形象地写出了少女难以启齿的心态与长辈的幽默风趣。当英台遮遮掩掩之时，师母报之以"官样文章"；当英台说客套话时，师母在礼节上略作回答；当英台吞吞吐吐时，师母鼓励她畅所欲言；当英台无话可说时，师母佯装不知；当英台最后吐露心迹时，师母才大方表达，给予英台肯定与帮助。这段对话把英台大胆与顾虑交织的心态表现得淋漓尽致。

二、民歌中的梁祝传说

除了戏剧外，其他音乐形式也是表现梁祝传说的重要载体，它们在丰富梁祝故事传播形态的同时，也创造了别样形态的艺术审美。在花样繁多的音乐形式中，影响最大的当属各地的梁祝民歌与小提琴协奏曲《梁祝》。

梁祝民歌遍布我国各个地区，充分说明梁祝传说在我国流传广泛，同时也反映了梁祝传说本身所具有的强大艺术感染力。另一方面，由于各地所处的地域环境、语言风格、文化传统和生活习俗的不同，各地梁祝民歌的内容、形式、曲调也呈现各不相同的特征。

全国各地的梁祝民歌中，大多数都是小调。小调又称小曲，多段反复的歌词是其重要特征。《梁祝》小调使用简短的语言能够表达复杂的情感，在变化的曲式结构中极具感染力。各地流传的《梁祝》小调多是叙事性小调，质朴简练、句读清

|木偶戏《十八相送》|

晰、旋律装饰少。从情节内容上来看，各地小调可以分为表达相思之苦和讲述十八相送两个主题。其中表达相思之苦的，包括辽宁大洼的《梁山伯五更》、黑龙江哈尔滨的《祝九红五更》《梁山伯五更》等。辽宁抚顺的《梁山伯五更》歌词如下：

　　一更月儿出在正东，

梁山伯想九红两眼泪珠倾。

想起来读书在杭州城，
从上学结拜一同盟。
俩人好像一母生，
我未知道你是女花容。
恨只恨心不明，
亲来分手各西东。
山也不那么高，
路也不那么平，

怎么能够得相逢？
无缘喜事前生定，
怎么能不叫人好伤情！

二更月儿出在东南方，
祝九红好把心伤。
埋怨二老爹娘，
做出的事情理不当。
最不应该将小奴送去读
书入学堂，
女子扮男装。
遇见了梁家的郎，
日同窗，夜同床，
做出来了事情理不当，
才把奴绣鞋舍给梁家郎。
不用我去猜你暗思想，
莫非你真猜也猜不上。

三更月儿出在正南，
叫一声小丫鬟支开楼门
你别关。
只见道影里黑黑暗暗，

好像是个人影，
射入玉石栏杆。
你是梁家的男，
你为何到那边？
怎不到奴的床前重相见？
仔细观，
原来是春红小丫鬟。
盼望梁兄未能相见，
怎么能不叫人家好心酸！

四更月儿处在正西，
梁山伯串亲戚来到咱
家里。
二人结拜过兄弟，
那时节换衣穿，
只恨你心痴迷。
梁山伯说：我曾经千里
迢迢找过你。
我对老天爷盟过誓，
不叫九红泪悲啼。

五更月儿落天发明，

媒婆到家中。

一个条件提媒情，

三言两语就把亲成。

许配东庄马二小相公，

撇下梁家兄。

花红小娇娶过门庭，

害的小奴我一身病。

祝九红说二老心不公。

怎么补救许配梁家兄？

二人通入风柳城，

双双化蝴蝶飞在空。

表达十八相送主题的有山东德州的《梁祝下山》《跑山调》《双蝴蝶》，山西河曲的男女对唱《祝英台下山》以及宁夏西吉的《梁山伯祝英台》、陶乐的《梁山伯与祝英台》等。辽宁民歌《梁祝下山》歌词如下：

日头出来紫霭霭，

高山上下来二位秀才，

头前走的梁山伯（嗯哎哎嗨呀），

后跟小妹祝英台（呀呼嘿）。

走了一坡来又一坡，

坡上坡下蓬子棵，

蓬子棵里长青草（嗯哎哎嗨呀），

青草之上露水多（呀呼嘿）。

湿了英台红绸裤，

湿了金莲三寸多，

湿了绣鞋晴天能晒（嗯哎哎嗨呀），

湿了绫罗难为了我（呀呼嘿）。

可以看到，在这些民歌小调中，用相对规整的乐句，采用"分节歌"的表现形式，叙述了梁山伯和祝英台细腻的个人情感。我们通常在传说中很难听到这种娓娓道来的情感表述，但在民歌这种形式中，民众用自己的音乐天赋将梁祝的丰富情感最大化。不仅如此，这些民歌小调风格独特，朗朗上口，真正做到了情在事中，意在歌中。

三、小提琴乐曲中的梁祝传说

在多种音乐形式中，最值得一提的当属小提琴协奏曲《梁祝》。1958年秋，上海音乐学院大一学生何占豪和作曲系的高才生陈钢共同创作了小提琴协奏曲《梁祝》。小提琴协奏曲《梁祝》是由西洋交响乐的曲式结构加上中国越剧《梁山伯与祝英台》的部分音乐素材编成，成功地将中国民族风格的乐曲及演奏手法运用在小提琴上，是中国传统音乐和西方音乐完美结合的典范，更

《梁祝－黄河》
演出现场

是中国民族类交响乐的奠基石，被誉为"中国人民自己的交响乐"。

小提琴协奏曲《梁祝》以耳熟能详的民间故事《梁山伯与祝英台》为素材，根据协奏曲的形式特点，对原剧内容和曲调进行综合提炼，塑造了三个性格鲜明的主人公形象。从故事中择取"草桥结拜""英台抗婚"和"坟前化蝶"三个主要情节，分别作为乐曲呈示部、展开部、再现部的内容，深入而细腻地描绘了这对青年男女的忠贞爱情和对封建宗教礼法的控诉和反抗。结尾"坟前化蝶"的演绎富有浪漫主义色彩，反映了劳动人民的朴实愿望与美好理想。协奏曲在结构上根据标题内容的需要，运用了西洋协奏曲中奏鸣曲式的演奏形式，很好地表现出了强烈的矛盾冲突，引人入胜、扣人心弦。

在艺术处理上，为了充分发挥交响乐效果，并使之具有民族特色，乐曲吸收了我国戏曲中丰富的表现手法，如在呈示部的结束部吸取了戏曲中歌唱性的"对话"形式，用来表达"梁祝相爱"的主题；"哭灵""投坟"等情节则运用了京剧中"导板（散拉散唱）"和越剧中"嚣板（紧拉慢唱）"的手法，深刻地表现了祝英台在梁山伯坟前对封建礼教血泪控诉的情景。作品旋律优美，通俗易懂，艺术造诣极高。

小提琴协奏曲《梁祝》不仅受到了我国人民的喜爱，还受到了世界人民的欢迎。具备东方文化特色的《梁祝》已经成为中华民族文化的一种象征。最早演奏《梁祝》的是莫斯科交响乐团。当时，在莫斯科求学的上海指挥家曹鹏，指挥乐团第一次演奏了《梁祝》，《梁祝》得以走出国门。

改革开放后，这一颇具感染力的音乐在世界各地得到了迅速传播。1979 年 6 月 15 日，加拿大温哥华交响乐团在奥芬大剧院举行的"中国音乐演奏会"上演奏了《梁祝》，受到当地民众的热烈欢迎。新加坡也在同年举行了"《梁祝》协奏曲盛会"。1980 年 10 月 18 日，美国波士顿交响乐团在波士顿麻省理工学院的克瑞斯基礼堂演奏《梁祝》时，掀起了音乐会的高潮，当地的华侨激动得热泪盈眶，掌声、欢呼声

经久不息。1981 年，《梁祝》再次在美国上演，受到人们的热烈赞誉。1987 年，《梁祝》的作者之一陈钢在法国巴黎指导了影片《花轿泪》的压轴戏——演出钢琴协奏曲《梁祝》。在纪念纽约卡内基音乐厅成立 100 周年的音乐会上，也曾响起《梁祝》的优美旋律。1997 年，美国华人庆祝香港回归的音乐会上，《梁祝》成为压轴曲目。

小提琴协奏曲《梁祝》自首演之日起至今已历经半个多世纪。据不完全统计，仅上海交响乐团就曾在 7 个国家近 20 座城市演奏过 100 多场，演绎过《梁祝》的国内外小提琴独奏家包括俞丽拿、马克西姆·文格洛夫、吉尔·沙汉姆、西崎崇子、诹访内晶子等；演奏过《梁

祝》的乐队更是遍及美国、德国、法国、新加坡、瑞典、挪威、芬兰、比利时、荷兰、意大利等几十个国家和地区。2016 年，在上海举办的艾萨克·斯特恩国际小提琴比赛上，《梁祝》被指定为半决赛必演曲目，主办方还为这场赛事特设了"太平洋之星——最佳中国作品演绎奖"，以表彰将《梁祝》演绎得最好的选手。《梁

祝》的巨大影响力，使之受到世界人民的极大欢迎。网络上曾发起一个名为"您心目中最有代表性的中国音乐作品"的调查，其中《梁祝》以近半的支持率遥遥领先。这也意味着，原本诞生于中国的《梁山伯与祝英台》传说，借助音乐的形式，得到了世界人民的喜爱与认可，成为世界人民共享的文化遗产。

梁祝传说的远播

梁祝传说的远播

《梁山伯与祝英台》在中国家喻户晓，与《牛郎织女》《白蛇传》和《孟姜女》并称为"四大民间传说"。《梁山伯与祝英台》传说盛行的宁波，是海上丝绸之路的重要起点。依托海上丝绸之路，我国脍炙人口的梁祝传说逐渐传遍世界各地，发展成为一个起源于中国、为世界人民所共享的国际型传说。

我国著名学者季羡林先生曾经对梁祝传说的海外传播进行过论述，他说道："流行于中国民间的《梁山伯与祝英台》的故事也同样传至

梁祝雕塑

国外。最初大概是流传于华人社会中，后来逐渐被翻译成了当地文字，流传到当地居民中间，流传的范围大大地扩大了。这些作品在当地产生了不同程度的影响，使当地居民更进一步了解了中国，从而加深了中国人民和这些国家人民之间的友谊。"

梁祝传说最先传入与中国邻近的朝鲜和韩国，19世纪后，随着海上丝绸之路的兴起，梁祝传说开始传入日本、印度尼西亚、新加坡、越南和马来西亚等地。20世纪50年代以后，梁祝传说传入德国、芬兰、美国、匈牙利和加拿大等欧美国家。在传播过程中，除了口头传说之外，还出现了影视剧、戏剧、音乐和舞蹈等多样化的传播形式。

一、梁祝传说在朝鲜半岛

与中国山水相连的朝鲜半岛深受中国文化的影响，《梁山伯与祝英台》早在唐宋年间就以口头传播的形式

《梁祝》

传入了朝鲜半岛。18世纪，在朝鲜半岛就出现了木刻朝鲜语版的《梁山伯传》。

《梁山伯传》讲述的是梁山伯出生在一个多年未得子嗣的家庭，父母对其呵护备至。后来梁山伯与祝英台相爱，却无奈殉情。若干年后，两人又重返人世结为夫妻，故事的结尾是梁山伯从军凯旋，英名远扬。《梁山伯传》在保留中国梁祝传说核心情节的同时，又突出地体现了朝鲜文人本土化的创造性加工，婚姻美满、从军及第是朝鲜书面文学中的常见主题。

与书面形式的《梁山伯传》不同，朝鲜半岛口头流传的梁祝传说，在主题思想、人物形象和情节方面都与中国版梁祝传说保持着高度的一致性。大体来说，朝鲜半岛口头流传的梁祝传说既保留了中国梁祝传说中的"易装求学""试探排疑"等情节，又对梁祝传说进行了许多本土化的改造，主要表现在对一些情节的删减和丰富上。在朝鲜半岛口头流传的梁祝传说中，并没有"十八相送""楼台相会"等情节，主要原因在于这些情节适用于舞台表演，口头讲述时并不具备较强的情节推动力。

另一方面，朝鲜民众在接受梁祝传说的同时也对其进行了许多本土化的创造。如创造性地加入了"柳叶传情"的主题。在朝鲜，柳叶是男女之间传情的信物，是爱情的象征。朝鲜民众往往用柳叶表达喜结姻缘。朝鲜半岛的梁祝传说中也出现了祝英台在柳叶上写话，传给梁山伯，才使梁山伯明白祝英台心意的情节。

此外，朝鲜半岛的梁祝传说在"投冢"的情节上也有所创新。例如，祝英台在祭奠梁山伯时，坟墓裂开，飞出一只凤蝶，把祝英台带走了。后来凤蝶产卵，变成了蚕。这在中国的梁祝传说中很少出现。

二、梁祝传说在日本

除了朝鲜半岛之外，日本民众同样对梁祝传说情有独钟。不仅有以流行艺术形式漫画展现的《梁山伯与祝英台》在日本广泛发行，古典艺术形式的小提琴协奏曲《梁祝》也深受日本音乐界人士的喜爱，更有深受大众喜爱的歌舞剧《蝶恋》。

所谓音乐无国界，最先进入日本的梁祝文艺作品是我国著名的小提琴协奏曲《梁祝》。在中国的民间传说中有一位祝英台，在日本也有一位被喻为"祝英台"的女子，她就是蜚声世界乐坛的小提琴演奏家西崎崇子。西崎崇子是第一位在中国舞台上演奏小提琴协奏曲《梁祝》的外国音乐家。自1978年至今，她在中国演奏小提琴协奏曲《梁祝》十余次，并先后三次为该乐曲录制了唱片。西崎崇子甚至还将《梁祝》这个流传于中国的浪漫爱情故事，用非常形象、精准而富有诗意的音乐传递给更多的海外人民欣赏，也对梁祝传说的传播起到了重要的作用。

1992年，梁祝传说开始进入日本的流行文化形

式——漫画之中。日本著名艺术家皇夏纪根据中国的梁祝传说创作了漫画《梁山伯与祝英台》，这部漫画共360页，在日本广泛流传，通过这部漫画，越来越多的年轻日本民众也开始了解和熟悉梁祝传说。

日本宝塚歌舞剧团深受日本民众追捧，是在全日本乃至世界都享有盛名的大型舞台表演团体，也是全世界演出次数最多的歌舞剧团。宝塚歌舞剧团曾出演日本版的梁祝故事《蝶恋》。它的内容与梁祝传说大同小异，讲述了日本古代有两个来自不同国家的青年在一起读书、学习、舞乐，最终相爱。但由于不能相互厮守，最后双双殉情，化作蝴蝶。《蝶恋》男女主人公的名字都是根据

小提琴协奏曲《梁祝》演出现场

日文发音拟成的，男主人公叫雪若，女主人公叫雾音。舞台呈现出日本古代宫廷生活的场景。这部歌舞剧使用了将中国小提琴协奏曲《梁祝》与日本古代文化浓郁诗意的画面相结合的手法，优美而触动心弦的旋律配上樱花盛开的蝶恋舞，中国的音乐和日本的舞蹈相互融合，

| 剪纸作品《梁祝》|

构成了一个新颖独特、世界性的浪漫爱情故事。

三、梁祝传说在印度尼西亚

明清时期下南洋的风潮，使得印度尼西亚成为华人聚居的区域。借此风潮，印度尼西亚成了梁祝传说在东南亚地区最重要的传播地。早在 1873 年，《爪哇年鉴》上就刊登了一篇题为《山伯、英台》的故事。1880 年，《布拉玛塔尼报》转载了这一则故事。1885 年，文信和用马来文翻译了《山伯英台》。1902 年，萨斯拉第哈加以爪哇文书写了《英台传》。1930 年，翁索塞沃耶以马都拉文翻译出版了《梁山伯与祝英台：一个中国爱情故事》。同年，林庆铺用望加锡文翻译出版了《梁山伯与

祝英台》。1945年，郭家瑞用印尼文翻译出版了《山伯与英台》。截至20世纪中叶，印度尼西亚出版的梁祝传说就已经有包括爪哇文、马来文、望加锡文、马都拉文和印尼文等在内的22个版本。

流传于印度尼西亚的梁祝传说也经历了本地化的传播过程，为了便于印度尼西亚当地民众接受，一些作者将原有传说中的情节进行了本地化的处理，同时也增加了许多原著中没有的内容，既丰富了梁祝传说的内容，也为传说本身增添了更多的趣味性。

例如，在私塾就读期间，祝英台如何隐藏女性身份是梁祝传说中的重要情节。在印尼版的梁祝传说中，当地民众非常创造性地丰富了这一情节的具体内容。其中一个版本中是这样讲述的：一次，祝英台用墨汁弄脏了私塾的墙壁，然后对老师说是因为同学们站着小便才弄脏了墙，祝英台还借机提议让老师命令大家蹲着小便。这样一来，女扮男装的英台和被罚的男孩们小便姿势一样，祝英台的女性身份也得以掩盖。

马都拉文版的梁祝传说中还有一个有趣的情节：梁山伯与祝英台赴杭州求学时，途经一座古庙，内有金童玉女两尊塑像。祝英台佯装不知道塑像为何人，故意向梁山伯询问。梁山伯解释道，金童玉女是旧时的一对恋人，将他们的塑像供奉在庙堂之上，是为了供后人瞻仰。祝英台听后暗暗窃喜，梁山伯却对祝英台的暗示浑然不觉。气得祝英台指责梁山伯"笨如水牛"。"笨如水牛"是印度尼西亚家喻户晓的俗语。在当地百姓心中，牛总被人牵着走，不动脑筋，因此常常用来形容笨蛋。这点与中国文化中对牛的形象认知并不一致。

现代巴厘文版的梁祝传说中为梁祝二人增添了许多流行文化的元素。如祝英台在骑着摩托车奔赴杭州时，半路捎上了似乎要搭车的梁山伯。此外，梁山伯和祝英台在书院就读时，还经常一起唱卡拉 OK。

由于深受印度尼西亚民众的喜爱，早在 1931 年，梁祝传说就被改编成电影，搬上银幕。1956 年，印度尼西亚教育部长曾撰文将《梁祝》和《罗密欧与朱丽叶》并列为世界著名爱情悲剧。近百年来，梁祝传说又被编入鹿特鲁剧、列衣剧、马扎巴特诗歌体以及阿里雅舞剧等歌舞剧中。1989 年，梁祝传说又作为相声题材，被制成盒式录音带大量销售。此外，印度尼西亚还出现了梁祝题材的漫画。

总体上来说，梁祝传说在印度尼西亚呈现出多种传播形态。每当这些舞台剧、电影上映时，都会引起当地民众的极大兴趣，并轰动一时。1982 年，印度尼西亚著名吉多伯拉剧团大学生在惹宫殿广场表演梁祝传说舞台剧时，尽管只是用竹竿和稻草搭建的简陋舞台，却受到当地民众的热烈欢迎。1988 年，雅加达艺术大厦再次上演梁祝舞台剧。编剧对梁祝传说进行了大胆的改编，梁山伯与祝英台被演绎成19世纪末20世纪初去巴达维亚苦读的青年。虽然服装、背景都与原来的梁祝传说大相径庭，但仍然受到了民众们的热烈欢迎。

四、梁祝传说在新加坡和马来西亚

梁祝传说在新加坡和马来西亚也受到了当地民众的热烈欢迎。早在1963年，新加坡出版了黄福庆用马来文创作的《山伯英台诗》。1964年，华人后裔夸克用马来文创作了《梁山伯与祝英台》。此后，新加坡和马来西亚等地又编排了梁祝的同名舞台剧和电影等。与其他国家相似，新加坡和马来西亚等地的梁祝传说在原来的基础上也进行了诸多本土化的改编。

1999年，马来西亚上映的电影《梁祝》中吸收了马来西亚当地的文化元素：祝家老爷因为受到对头的威胁，要求祝英台回家与贵族联姻。梁山伯挚爱祝英台，却无法如愿，最终被祝家老爷打成重伤，不治身亡。2001年，新加坡也上映了舞台剧《梁山伯与祝英台》。根据舞台剧表演强调冲突、情节集中的要求，这部舞台剧删除了"十八相送"和"楼台相会"等在推动情节进展上比较弱的部分，同时增添了新的反面人物，并通过对反面人物滑稽形象的塑造，为全剧增添了一些喜剧效果。结尾处更是别出心裁地将梁山伯的逝世设置在冰天雪地之中，极大地渲染了原剧中的悲剧气氛。

2007年，《梁祝》舞台剧再次在马来西亚上演。与此前多个版本的舞台剧不同，新编排的舞台剧力求在遵循原著的基础上，采用全新的剧情和编曲、独特的人物塑造、唯美诗意的舞台效果，以崭新的面貌呈现梁祝传说。全新编排的舞台剧受到了当地民众的热烈欢迎，在云顶国际歌剧院上映期间更是一票难求。

与马来西亚不同，新加坡梁祝传说的传播呈现出音乐与传说、影视剧并重的格局，尤其是小提琴协奏曲《梁祝》深受新加坡民众的喜爱。钢琴家巫漪丽以演奏《梁祝》闻名。2007年，新加坡交响乐团联手小提琴家吉尔·沙

汉姆来到中国，联袂演奏《梁祝》小提琴协奏曲，成为中国文化走出去后，反哺中国的经典案例。

五、梁祝传说在越南

20世纪初，梁祝传说传入越南，越南诗人潘孟各在其翻译的《二刻拍案惊奇》中就专门介绍了梁祝传说的相关内容。"平生每恨祝英台，怀抱为何不早开。我愿东君勤用意，早移花树向阳栽。"潘孟各翻译这首诗的时候，在注释里详细介绍了梁祝故事的内容，以便越南读者对诗里的祝英台有较为清晰的认识。由此可见，梁祝传说在传入之际就已经得到了越南知识分子的认可。

中华人民共和国成立后，我国的一些文艺作品也得以进入越南。其中，以彩色戏

曲影片《梁山伯与祝英台》的影响最为广泛。1955 年，电影《梁山伯与祝英台》开始在越南北方的主要城市及乡村公开放映。该影片所宣传的反抗封建势力、挣脱枷锁、寻求自由的精神深深地感染了越南观众，尤其是刚刚从帝国主义统治下解放出来的越南北方人民。电影中祝英台为了追求爱情，发起了抗争，这与当时的越南人民内心的渴望和理想相契合。

"从 20 世纪初期到 50 年代，梁祝情史故事起初只能在文人界流行，从 20 世

越剧《梁祝》

纪 50 年代起，通过中国梁祝电影的放映，同时得到越南艺术各类型改编表演，得到越南各个部门领导的看重，梁祝文化渐渐广泛地传播与影响了越南大众。在越南，梁祝文化有了较大的发展，从梁祝故事改编，特别是带有阶级性教育的各类传统艺术形式演出后，梁祝文化能在城市小巷和村庄角落跟越南人民打交道了。"越南学者阮友心曾经这样解释梁祝传说在越南深入人心的原因。

除了电影外，越南还出现了改编版歌剧《梁山伯与祝英台》。剧中反封建、追求自由爱情的精神不仅深受民众的喜爱，而且得到了越南领导人的赞誉。在观看完这部歌剧后，时任越南国家主席的胡志明写了一首越南传统的六八体诗：

一对山伯英台，
情可重，才可惊。
使鸳鸯一对，不成婚配。
粉碎封建主义，
使许许多多英台山伯成全婚姻！

图书在版编目（CIP）数据

梁祝传说 / 包媛媛编著 ；杨利慧本辑主编. -- 哈
尔滨：黑龙江少年儿童出版社，2020.8（2021.8重印）
（记住乡愁：留给孩子们的中国民俗文化 / 刘魁立
主编. 第六辑，口头传统辑. 二）
ISBN 978-7-5319-6513-8

Ⅰ．①梁… Ⅱ．①包… ②杨… Ⅲ．①民间故事—作
品集—中国 Ⅳ．①I277.3

中国版本图书馆CIP数据核字(2020)第172715号

记住乡愁——留给孩子们的中国民俗文化　　　　刘魁立◎主编
第六辑 口头传统辑（二）　　　　　　　　　　杨利慧◎本辑主编
梁祝传说 LIANGZHU CHUANSHUO　　　　　包媛媛◎编著

出版人：商 亮
项目策划：张立新 刘伟波
项目统筹：华 汉
责任编辑：杨雪尘 顾吉霞
整体设计：文思天纵
责任印制：李 妍 王 刚
出版发行：黑龙江少年儿童出版社
　　　　　（黑龙江省哈尔滨市南岗区宜庆小区8号楼 150090）
网　　址：www.lsbook.com.cn
经　　销：全国新华书店
印　　装：北京一鑫印务有限责任公司
开　　本：787 mm×1092 mm　1/16
印　　张：5
字　　数：50千
书　　号：ISBN 978-7-5319-6513-8
版　　次：2020年8月第1版
印　　次：2021年8月第2次印刷
定　　价：35.00元